RÉSUMÉ

JULIE DE LA LAMPE

YEP ! Deux nouvelles viennent d'emménager à Woopiville : JULIE ET JIJI ! CE SONT DES GÉNIES ! Faire disparaître un nez, réduire Zoé à la taille d'un petit chat, transformer 4-Trine en vieux monsieur, elles peuvent faire tout cela, et très FACILEMENT en plus.
Mais ces deux filles venues de Magikia pourront-elles guérir un garçon très malade ?...
Une fin d'histoire... COMME TU N'EN AS JAMAIS LUE !!!

ISBN : 2-89595-158-6

Gouvernement du Québec - Programme de crédit d'impôt pour l'édition de livres - Gestion SODEC

Boomerang éditeur jeunesse remercie la SODEC pour l'aide accordée à son programme éditorial.

Imprimé au Canada
Dépôt légal : Bibliothèque nationale du Québec,
3e trimestre 2005
Dépôt légal : Bibliothèque et archives Canada,
3e trimestre 2005

Boomerang éditeur jeunesse inc.
Québec (Canada)

Courriel : edition@boomerangjeunesse.com
Site Internet : www.boomerangjeunesse.com

Texte et illustrations par Richard Petit

Modèles numériques fournis par : Daz 3D, Renderosity, HandspanStudio, ThorneWorks, Patrick A. Shields, TrekkieGrrrl, HIM666, Amber Jordan, Maya, Laura Gilkey, 3dmodelz, Aya-Zoozi, Poism, Jen, Jaguarwoman, Uzilite, Nymesis, Epken, HMG Designs, Quarker, Anton's FX, 3D Universe, Hankster, Gerald Day, Palladium 17, HMann et plusieurs autres…

Il était 2 fois...

J'ai un peu le trac !

Bon ! Alors c'est moi qui vais lui expliquer. Il était 2 fois... est un roman TÊTE-BÊCHE, c'est-à-dire qu'il se lit à l'endroit, puis à l'envers.

NON ! NE TE METS PAS LA TÊTE EN BAS POUR LE LIRE... Lorsque tu as terminé une histoire, tu peux retourner le livre pour lire l'autre version de cette histoire. CRAQUANT, NON ? Commence par le côté que tu désires : celui de 4-Trine ou mon côté à moi... Zoé !

J'peux continuer ? BON ! Et aussi, tu peux lire une histoire, et lorsque le texte change de couleur, retourne ton livre. À la même page de l'autre côté, tu vas découvrir des choses...

Deux aventures dans un même livre.

Tu crois qu'elle a capté ?

CERTAIN ! Elle a l'air d'être aussi brillante et géniale que nous...

Le nez collé sur la vitre de la fenêtre, Zoé observe les déménageurs costauds qui sortent des boîtes du camion garé dans l'entrée de la maison voisine.

— Alors, lui demande son amie 4-Trine qui vient la rejoindre, ils ont l'air de quoi tes nouveaux voisins ? Est-ce une bande de musiciens turbulents d'un groupe rock ? Tu ne vas plus jamais pouvoir dormir tranquille la nuit, et tes notes à l'école vont s'en ressentir. Je deviendrai alors... LA **best** DE LA CLASSE !

YIP!!!!!!!! !

— Comme toujours, tu dis n'importe quoi ! souffle Zoé tout bas. Non, il y a deux nouvelles à Woopiville ! Regarde, ce sont deux filles : une là et une autre là

dans la chambre, pointe-t-elle discrètement dans l'une et l'autre direction.

4-Trine les voit passer devant leur fenêtre.

— AÏE ! constate-t-elle en les apercevant. Nous ne sommes plus les seules à porter des vêtements **COMPLÈTEMENT DINGUES** ! T'as vu leur accoutrement ? Je pense qu'elles ont lu trop souvent *Les contes des mille et une nuits*.

RIDICULE !

— Elles se ressemblent toutes les deux, remarque Zoé. Tu crois qu'elles sont des jumelles identiques ?

— Identiques veut dire PAREILLES ! la reprend 4-Trine. L'une blondinette et l'autre est une brunette, c'est loin d'être pareil, ça !

— Avoue qu'il y a une ressemblance.

— Elles sont peut-être jumelles, un point c'est tout.

— C'est commun de voir ça, des jumelles non identiques ?

— Tout est possible. Prends moi par exemple, explique 4-Trine. Je ressemble en tous points à Penelope Cruz, et nous ne sommes même pas de la même famille.

— Ah oui, avec vos cheveux deux couleurs et vos lulus, se moque Zoé, vous êtes comme des **ÉTRANGÈRES IDENTIQUES**, des clones, des sosies, des...

— OK ! change de chaîne ! s'impatiente 4-Trine.

Soudain, elles entendent un bruit très étrange. Un éclair illumine la fenêtre de la chambre qui se trouve juste devant celle de Zoé.

Les yeux des deux amies s'agrandissent d'étonnement lorsqu'elles constatent que les boîtes de carton ont disparu et que la chambre encombrée de la nouvelle voisine est maintenant... IMPECCABLEMENT BIEN RANGÉE !

Bouche bée, 4-Trine tombe à quatre pattes sur le tapis.

— FERME TA BOUCHE ! la supplie Zoé. Je peux voir ce que tu as mangé ce midi.

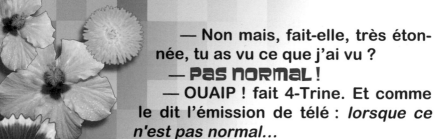

— Non mais, fait-elle, très étonnée, tu as vu ce que j'ai vu ?

— **PAS NORMAL** !

— OUAIP ! fait 4-Trine. Et comme
le dit l'émission de télé : *lorsque ce
n'est pas normal...*

— *C'EST PARANORMAL* ! termine
Zoé.

— On passe en mode espionnage ?
demande 4-Trine.

— **YEEEESSS** ! acquiesce Zoé,
avec plaisir ! Il faut régler nos mon-
tres.

— Nous n'avons pas de montre !
réplique 4-Trine, en levant les yeux au
ciel.

— Je sais bien, explique Zoé. J'ai toujours voulu dire cette phrase.

— De retour dans ta chambre dans trente
minutes, lance 4-Trine.

— DAC ! fait Zoé.

Dehors, le dos courbé pour ne pas se faire
repérer, Zoé et 4-Trine prennent des directions différentes...

L'œil entre deux planches de la clôture, 4-Trine
s'assure que la voie est libre. À droite, elle escalade
la structure de bois et saute de l'autre côté.

PAN !

8

Deux déménageurs sortent du camion ave...
magnifique fauteuil recouvert de satin turquoise.

— Jamais vu ce genre de mobilier chez le marchand de meubles de **WOOPIVILLE**. Ça doit venir de loin, de très, très loin...

Un troisième déménageur arrive, les bras remplis de coussins multicolores. Téméraire comme ce n'est pas permis, 4-Trine se glisse derrière lui et se cache sur la grande galerie qui contourne toute la maison.

— Je suis une déesse de l'espionnage, se dit-elle. Je parie que Zoé ne s'est pas rendue aussi loin que moi.

4-Trine s'arrête brusquement pour s'assurer qu'elle est seule. Pas de bruit, donc... **PERSONNE** !
Elle monte l'escalier en spirale et colle son nez à une fenêtre pour voir ce qui se passe de plus près...

DOUBLE HON !

De splendides rideaux vaporeux flottent et retombent sur des tapis majestueux. C'est une très belle chambre, mais où est le lit ?

Sur une commode dorée est posée une belle lampe verte toute brillante.

— Déjà vu ce genre de truc dans un film d'Aladin, se rappelle-t-elle. Tu frottes, et le génie qui apparaît t'accorde trois souhaits...

N'IMPORTE QUOI !

— Non, pas n'importe quoi, fait soudain une voix
provenant d'une autre fenêtre.

Prise sur le fait, 4-Trine ravale sa salive et se
retourne.

— Je, je crois que je me suis trompée de maison,

bafouille-t-elle en cherchant une excuse. Ça m'arrive de temps à autre.

Bras croisés et tapotant du pied par terre, la nouvelle voisine de Zoé sourit à 4-Trine. Allez, entre...

— Je m'appelle Julie, et toi ?

— Moi c'est 4-Trine, euh ! enchantée...

— Oui, en parlant d'enchantement, dit Julie en regardant à la fenêtre, je crois que ta copine et ma sœur Jiji sont en train de faire connaissance.

4-Trine s'approche elle aussi.

— C'est quoi les gestes que ta sœur fait avec ses deux doigts devant mon amie Zoé ?

— Elle s'apprête à la transformer en quelque chose, genre **flamant rose** de jardin ou crotte d'animal. On ne peut jamais prévoir avec ma sœur, elle est pleine d'humour lorsqu'il s'agit de jeter des sorts.

— Mais empêche-la ! supplie 4-Trine. Je l'aime comme elle est Zoé, moi. Je ne veux pas qu'elle change.

Julie pince le lobe de son oreille droite, et, dans un nuage de fumée rose, apparaissent soudain dans la chambre sa sœur Jiji et Zoé...

SVIOOOUUCHHH !!!

Zoé se retourne et cache son visage dans ses mains en apercevant son amie 4-Trine qui grimace.

— MAIS OÙ EST PASSÉ TON NEZ ?

— C'est cette idiote de sorcière qui l'a fait disparaître.

Julie lance un regard sérieux à sa sœur Jiji qui lève aussitôt les doigts vers Zoé.

TIZZZOUUUU !

Le nez de Zoé réapparaît au milieu de son joli visage.

— Qui êtes-vous ? demande 4-Trine, très curieuse. Des magiciennes, des sorcières, qui ?

— Ni l'une ni l'autre, répond Julie. Nous sommes des génies.

— Mais les génies n'existent pas ! s'exclame Zoé.

— Je peux faire apparaître un orteil sur ton front pour te le prouver, la menace Jiji. C'est très facile pour moi de faire cela.

— **non !** hurle Zoé à pleins poumons.

JE TE CROIS ! JE TE CROIS !

— Nous sommes comme vous, explique Julie. L'école, les garçons, la télé.
Sauf qu'il faut souvent déménager et
changer de décor lorsque trop de gens
connaissent notre véritable nature.

— Ça commence très mal, déclare
Jiji. Nous venons à peine d'arriver et
vous avez déjà découvert notre secret.

— Ne vous en faites pas, les rassure
4-Trine. Votre secret est bien gardé
avec nous.

— Est-ce que vous pouvez nous rendre riches ? demande Zoé.

— OUI ! répond Jiji. FACILE !

— **W⊖W !** fait Zoé. Et pouvez-
vous nous rendre belles avec des vêtements somptueux ?

— YEP ! fait Julie.

— Bon, alors habituellement, explique 4-Trine, il est très difficile d'entrer
dans notre club des amies *FUNKY*,
mais dans votre cas, et je suis certaine
que Zoé, la vice-présidente du club,

sera d'accord avec moi, nous allons faire DEUX exceptions et vous donner le titre de membres honoraires...

— À VIE ! termine Zoé. Oui, oui ! pour toujours ou l'éternité, selon ce qui vous convient.

— Nous sommes combien de membres dans ce fameux club FUNKY ? demande Julie.

— Avec ces deux nouvelles adhésions, nous sommes maintenant... QUATRE ! répond Zoé.

— QUATRE ??? MÉCHANT CLUB ! se moque Jiji.

— Comme mon père le dit si bien : « Ce n'est pas la quantité qui compte, mais bien la qualité », conclut Zoé.

— Vous voulez visiter **WOOPIVILLE** ? demande 4-Trine. Nous sommes les guides parfaites, car nous habitons ici depuis toujours.

— YAKOV ! répond Jiji.

— Yakov ??? grimace 4-Trine. Ça veut dire quoi *yakov*... OUI ?

— Ouais ! je sais, avoue Julie, ce n'est pas toujours facile de décoder ma sœur Jiji.

— Nous commencerons la visite par le parc, propose Zoé. Le parc, c'est le cœur de Woopiville.

— Ça vous dit de faire une course jusque-là ?

demande Jiji. Vous deux contre 4-Trine et moi. Les premières qui arrivent au parc seront déclarées les plus belles, les plus brillantes, les plus cool. Enfin, les *best*...

— Et les perdantes, elles ? demande Zoé.

— Eh bien, elles seront, entre autres, les plus laides de notre club *FUNKY*, explique Jiji. Et elles seront aussi un tas de choses que l'on ne peut pas dire lorsque nous sommes à table en train de manger, bon...

— Pas le droit de faire claquer nos doigts afin d'apparaître dans le parc, précise Julie à sa sœur. Il faut se rendre là-bas de n'importe quelle autre façon.

Jiji tape dans la main de sa sœur et quitte en trombe la chambre, suivie de 4-Trine.

Jiji s'assoit sur la rampe de l'escalier.

— Es-tu capable de conduire une voiture ? demande-t-elle à 4-Trine avant de se laisser glisser.

— NON ! répond 4-Trine en la suivant, étonnée par cette question. Je n'ai pas l'âge, je n'ai pas de permis, enfin, j'ai tout plein de raisons de ne pas pouvoir conduire.

Jiji atterrit comme une parachutiste devant l'entrée. Elle se tourne ensuite vers 4-Trine et agite son index de gauche à droite, sans s'arrêter.

— ARRÊTE ! la supplie 4-Trine. Qu'est-ce que tu fais ? Ça me chatouille partout !

— Maintenant, tu peux conduire une voiture, lui apprend Jiji. Même une voiture de course. NOUS ALLONS GAGNER !!!

— QUOI ? fait 4-Trine, effrayée. Tout ça, cette course, ça va trop vite, je veux débarquer...

— Ne fais pas ta *gougoune* ! lui ordonne Jiji. Allez dehors.

— Mais qu'est-ce que ça veut dire *gougoune* ? demande 4-Trine en mettant le pied sur le balcon.

Jiji et 4-Trine arrivent dehors en catastrophe. Stupéfaite, Jiji lance un regard froid à sa sœur.

— TU TRICHES ! s'emporte-t-elle soudain. Tu es arrivée ici en touchant ton nez.

— Je n'ai jamais dit que je ne pouvais pas nous

faire apparaître à l'extérieur de la maison, lui rappelle Julie. J'ai seulement parlé du parc.

Jiji fait une grimace répugnante à sa sœur et court vers la voiture du père de Zoé avec 4-Trine à ses trousses.

— VOUS ALLEZ DÉPOPE DE TOUTE FAÇON !

lui crie-t-elle avant de disparaître derrière la clôture en tirant 4-Trine par une lulu.

— AÏÏÏE ! ça fait mal...

Devant la voiture, 4-Trine hésite.

— Je ne serai jamais capable de conduire ce gros truc, essaie-t-elle d'expliquer à Jiji. J'ai toutes les misères du monde à rester debout sur ma petite planche à roulettes.

— Fais-moi confiance, lui dit Jiji. Avec le sortilège que j'ai utilisé, tu pourrais gagner une course de formule un, tu peux me croire...

— Et si des policiers en auto patrouille m'apercevaient au volant ? s'inquiète 4-Trine. Je suis beaucoup trop jeune pour conduire une voiture ! Je ferais certainement de la prison à vie et je manquerais toutes mes émissions de télé.

L'ENFER !!!

— OUPS ! lui concède Jiji. Je n'avais pas songé à ce détail.

— Ah ! tu vois, soupire 4-Trine, soulagée. Je ne peux pas conduire cette voiture.

— Les problèmes existent pour être réglés, affirme Jiji. Et quand tu es une génie... C'EST BEAUCOUP PLUS FACILE !!!

Jiji bouge la tête et fait tourner rapidement sa longue mèche de cheveux blonds.

TIZZZOUUUU !

— Voilà ! fait-elle en se frottant les mains. Nous pouvons partir maintenant.

— COMMENT ? cherche à comprendre 4-Trine. Qu'est-ce que tu m'as encore jeté comme sort ?

— Regarde dans le rétroviseur, lui répond Jiji.

4-Trine se place tout de suite devant le petit miroir.

— **OUaaaHH !** hurle-t-elle en apercevant son visage. J'ai une moustache, de la barbe et des rides. **TU M'AS TRANSFORMÉE EN UN VIEIL HOMME !!!**

— **CESSE DE CHIALER !** lui ordonne Jiji en la poussant dans la voiture. Je ne veux pas que ma sœur gagne la course... **ALLEZ, DÉMARRE !**

— **MAIS JE N'AI PAS LA CLÉ !**

FIZZZOUUUU !

Une clé apparaît dans le démarreur.

— Il va falloir me faire confiance ma vieille, dit Jiji. Euh, mon vieux, je veux dire... **ALLEZ, DÉMARRE !!!**

4-Trine parvient, à son grand étonnement, à reculer la voiture. Le pied enfoncé sur l'accélérateur, elle file maintenant à toute vitesse vers le parc.

Au loin, Jiji aperçoit sa sœur et Zoé qui pédalent frénétiquement comme des souris qui courent dans une roue.

Arrivée à leur hauteur, 4-Trine appuie sur le klaxon. **POOUU ! POOOUU !**

Jiji leur envoie la main en signe de victoire.

4-Trine arrête enfin la voiture tout près du parc...

FIZZZOUUUU !

4-Trine regarde dans les rétroviseurs de la voiture et constate que Jiji lui a rendu son apparence normale.

19

Essoufflées, Zoé et Julie arrivent.

— Qui est la plus grande génie de toutes ? demande Jiji en souriant à sa sœur, dépitée.

— Pour le moment c'est toi, dit-elle à contre-cœur. Mais je vais bien avoir une chance de me reprendre, et à ce moment-là, tu vas pleurer toutes les larmes de ton corps...

— Oh ! attends un peu, toi ! fait Jiji en feignant d'être impressionnée. **OUF !** j'ai cru que j'avais peur pendant un court moment. Tu sais que tes vaines promesses de victoire ne me font absolument rien.

Zoé et 4-Trine se regardent.

— Vous voulez toujours visiter Woopiville ? demande Zoé, plus du tout certaine de l'intérêt de leurs nouvelles amies.

— Allons-y ! acquiesce Jiji. Mais ne marchez pas trop vite, il faut permettre à ma sœur Julie de suivre notre rythme.

— **PFOU !**

fait Julie.

— **IDIOTE !**

répond l'autre.

Jiji donne un coup de coude à sa sœur.

— Bon, ici, explique Zoé, c'est le centre de

ravitaillement de tous les jeunes de Woopiville : le magasin de Tong Pou.

— Ou, si vous préférez, le musée des cochonneries, ajoute 4-Trine. Vous y trouverez la plus belle collection de croustilles et de sucreries en ville. C'est une étape OBLIGATOIRE après avoir loué un film.

Les quatre amies marchent un peu et se rendent devant...

— Nous nous trouvons maintenant devant notre point de rencontre habituel, annonce 4-Trine. Soit pour aller à l'école, soit pour aller au cinéma, qui se trouve juste au coin de la rue.

— Moi j'adore cet endroit, explique Zoé. Je peux rester ici des heures à admirer les pièces en chocolat, surtout ce gigantesque dragon.

— Si tu le veux bien, je peux transformer ton rêve en réalité, lui propose Jiji. Un tout petit souhait, et il est à toi, juste à toi...

Zoé regarde le dragon.

— Je te conseille de dire non, la prévient Julie. C'est très dangereux de demander un souhait à ma sœur, car généralement, ça se retourne toujours contre la personne qui le formule.

— Elle ne peut tout de même pas me faire du mal avec ce dragon en chocolat, s'empresse de dire Zoé.

— OH, QUE SI ! insiste Julie. Elle peut très bien faire apparaître le dragon en entier... DIRECTEMENT DANS TON ESTOMAC !!!

Zoé grimace, ravale sa salive et pose sa main sur son ventre.

POUAH !

Jiji regarde Zoé en souriant d'une façon diaboli-que.

Dans l'étalage, le dragon a disparu.

— **non !** gémit Zoé.

— Ne t'en fais pas ! la rassure Julie. C'est moi qui l'ai fait disparaître.

— Mais où est-il maintenant ? demande Zoé.

— Sur la commode dans ta chambre, lui murmure-t-elle à l'oreille.

Zoé sourit et montre toutes ses dents.

— Bon, nous approchons maintenant du cinéma, poursuit 4-Trine. Cinq salles munies de la dernière technologie de projection. Films d'aventure, d'hor-reur ou comédies, nous pouvons y admirer les plus belles et les meilleures créations d'Hollywood.

— Quels films sont à l'affiche ? s'interroge Zoé.

— IL EST ENFIN ARRIVÉ ! s'exclame 4-Trine, tout excitée. LE RETOUR DU PROF CANNIBALE !

Je veux absolument voir ce film d'horreur...

— La critique a dit que c'était très dégueulasse, lui rapporte son amie Zoé. Du sang, du sang... ET ENCORE DU SANG ! Je ne comprends pas ton intérêt pour ce genre de film.

— Parce que je sais très bien que ce n'est pas du sang, la corrige 4-Trine. C'est du sirop coloré rouge, de la grenadine... RIEN QUE DE LA GRENADINE !

— De toute façon, je ne vois pas pourquoi nous discutons, s'impatiente Zoé. Nous n'avons que quelques sous...

— Nous pouvons remédier à ce petit problème rapidement, leur rappelle Julie.

— Vous allez nous faire apparaître dans la salle toutes les quatre ? se réjouit 4-Trine.

— PAS QUESTION ! lui lance Jiji. À cause de l'éclair, nous risquons d'être repérées.

— Alors quel est votre plan ? demande Zoé.

— Ça va être beaucoup plus amusant, affirme Julie. Nous allons te réduire à la dimension d'un petit chat. Ensuite, tu vas t'introduire discrètement dans le cinéma afin de nous ouvrir la porte arrière...

SIMPLE COMME TOUT !

— Ah oui ! il est parfait votre plan, commente Zoé. Sauf qu'il y a un petit détail, un tout petit détail... JE NE VEUX PAS ÊTRE RÉDUITE ! Quelqu'un pourrait m'écraser, et j'ai comme l'impression qu'être écrasée par un géant changerait mon *look* dramatiquement...

— Oui peut-être, mais le sortilège est temporaire et ne dure que quelques minutes, lui explique Julie.

— Je ne peux pas croire que je vais risquer ma vie pour ce film stupide, se résigne Zoé. Allez, qu'on en finisse.

Julie pose son doigt sur la tête de Zoé et appuie très fort.

TIZZOUUU !

Fascinée, 4-Trine observe Zoé qui rétrécit et rétrécit sous son regard ébahi.

Le doigt toujours placé sur la tête de Zoé, Julie continue d'appuyer jusqu'à ce qu'elle atteigne la taille d'un bébé chat.

— **Voilà !**

dit-elle alors qu'elle fait asseoir Zoé dans le creux de sa main. Tu es parfaite comme ça. Tu vas passer inaperçue.

— Je suis tout étourdie, se plaint-elle.

— Ça va passer ! la rassure Julie.

— **TU ES TROP MIGNONNE !** s'exclame 4-Trine. Tu devrais rester comme ça, tu serais ma « mini amie ».

— NOOOOON ! PAS QUESTION ! s'oppose vivement Zoé. Et puis tu es trop vieille pour jouer à la poupée.

Julie dépose Zoé devant le cinéma et ouvre la grande porte juste assez pour qu'elle puisse entrer.

— Rendez-vous dans cinq minutes à l'arrière, lui dit Jiji. Nous serons là toutes les trois.

4-Trine contourne l'édifice, suivie de Julie et Jiji. Derrière, dans la ruelle, elles arrivent devant cinq portes.

— LAQUELLE ? demande Jiji.

— Celle-là ! montre 4-Trine en se plaçant devant. J'ai vu sur l'affiche que LE RETOUR DU PROF CANNIBALE jouait dans la salle numéro deux, et il y a le chiffre deux sur cette porte, donc c'est la bonne.

— Tu crois que Zoé va réussir ? lui demande Julie, pas trop certaine.

— Tu n'as aucune idée de ce que Zoé est capable d'accomplir lorsqu'elle est motivée, lui explique 4-

Trine. Ce n'est pas pour nous vanter, mais vous êtes tombées sur les deux filles les plus, je dirais... CAPOTÉES ! ajoute-t-elle en lui lançant un magnifique sourire.

Julie et Jiji lui sourient à leur tour.

— Je pense que nous allons avoir pas mal de FUN toutes les quatre ensemble, avance Julie...

Au bout de la ruelle, des silhouettes apparaissent.

— Ah non ! dit tout bas 4-Trine en fixant le mur. Ce sont les « Yos » du quartier. Ils sèment la terreur partout où ils passent. Tous les jeunes de Woopiville en ont peur.

— PARFAIT ! se réjouit Jiji. Un peu de distraction en attendant que Zoé nous ouvre la porte. Ça tombe pile.

— Oh non ! insiste 4-Trine. Ils sont vraiment détestables. Ils portent des jeans beaucoup trop grands qui descendent au milieu de leurs fesses.

Les sept garçons s'arrêtent devant les filles et se mettent à les observer en silence. Plusieurs secondes s'écoulent avant que le premier s'adresse à Jiji.

— toi la blonde, lui dit-il d'un air sûr de lui. J'ai décidé que tu étais ma copine maintenant.

Julie sourit et regarde le ciel parce qu'elle connaît bien, très bien, sa sœur Jiji.

— YO ! YA ! YI ! fait Jiji pour ridiculiser le garçon. Ce sont des jeans que tu portes ou une couche pour ado ? T'as encore des problèmes d'incontinence à ton âge ? Et tu as quoi sur ta tête ? UNE CAS-QUETTE ! Sais-tu que l'on met des casquettes aux enfants dans les garderies pour éviter qu'ils attrapent un coup de soleil ?

— Non mais, est-ce que tu veux te moquer de moi ? cherche à comprendre le garçon en s'approchant de Jiji d'une façon menaçante...

Deux autres garçons entourent Jiji.

— Tu dois être nouvelle dans le quartier parce que tu ne nous parlerais pas sur ce ton, lui lance l'un d'eux.

— Bon écoutez, les gars, leur dit Jiji en regardant par terre. Si vous voulez vraiment devenir nos amis, il va falloir, pour commencer, cesser de, de... SEN-TIR MAUVAIS !

— QUOI ! s'emporte le plus grand. Qu'est-ce que tu viens de dire... BLONDINETTE ?

— OUPS ! murmure Julie.

Le visage de Jiji devient tout rouge.

— OUI ! OUI !
insiste Jiji. Toi, tu
empestes la ciga-
rette. Il n'y a
qu'une façon de remédier à ce problème.

Jiji fait bouger tous les doigts de sa main
gauche...

— Dorénavant, lui annonce Jiji, tu ne pourras plus
jamais te trouver à moins d'un mètre d'une cigarette
sans être malade.

Le grand garçon se sent soudain pris par une terrible envie de vomir. Il fouille tout de suite dans sa poche et lance le paquet de cigarettes très loin. Les autres garçons reculent.

Julie fait ensuite claquer ses doigts.

Et les casquettes des garçons disparaissent. Leur jeans est aussi remplacé par une couche de bébé… GÉANTE!

Presque nus dans la ruelle, les sept garçons restent figés, muets.

— Maintenant que nous sommes entre gens sensés, respectueux et gentils…, commence Jiji.

— C'est fou comme j'aime ces mots, poursuit Julie.

— Idem pour moi ! renchérit Jiji. Bon, je disais donc, comme vous êtes gentils et respectueux ET que nous sommes nouvellement arrivées dans le quartier, vous allez vous comporter convenablement. Vous allez nous inviter toutes les quatre au resto, samedi soir, et payerez l'addition, bien entendu. Habillez-vous convenablement pour l'occasion.

Les sept garçons acceptent en silence, immobiles, en acquiesçant de la tête.

La porte s'ouvre derrière 4-Trine : c'est Zoé qui a retrouvé sa taille normale.

— QU'EST-CE QUE TU AS FOUTU ? se met à l'engueuler 4-Trine. Ça fait une éternité que nous attendons!

Zoé aperçoit les sept garçons… EN COUCHE DE BÉBÉ !

— Mais que font les « Yos » du quartier accoutrés de la sorte ? lui demande-t-elle.

— Ah ! rien, lui répond 4-Trine. C'est juste qu'ils nous ont invitées au resto samedi soir…

— QUOI ? fait Zoé, très surprise.

— ALLEZ ! ON ENTRE… lui dit 4-Trine.

Elle pousse Zoé à l'intérieur.

— Euh ! pardon, ose demander un des garçons, devenu soudain très poli. Nous ne pouvons pas nous promener comme ça.

Jiji lui envoie un baiser, sourit, et referme la porte.

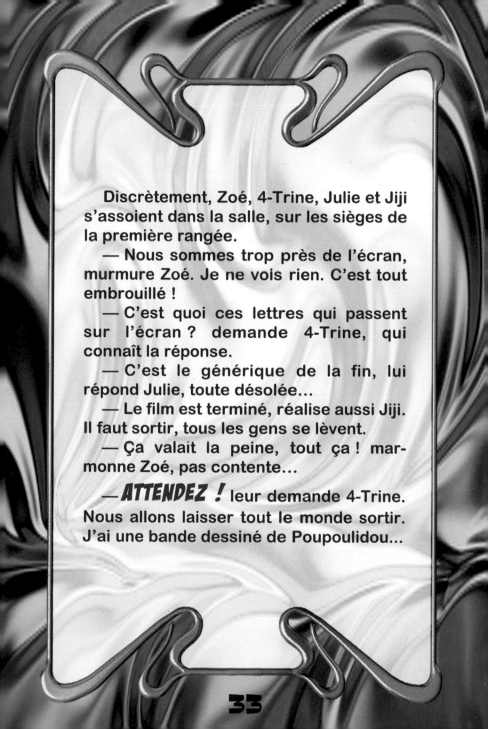

Discrètement, Zoé, 4-Trine, Julie et Jiji s'assoient dans la salle, sur les sièges de la première rangée.

— Nous sommes trop près de l'écran, murmure Zoé. Je ne vois rien. C'est tout embrouillé !

— C'est quoi ces lettres qui passent sur l'écran ? demande 4-Trine, qui connaît la réponse.

— C'est le générique de la fin, lui répond Julie, toute désolée...

— Le film est terminé, réalise aussi Jiji. Il faut sortir, tous les gens se lèvent.

— Ça valait la peine, tout ça ! marmonne Zoé, pas contente...

— *ATTENDEZ !* leur demande 4-Trine. Nous allons laisser tout le monde sortir. J'ai une bande dessiné de Poupoulidou...

33

Poupoulidou PART 8

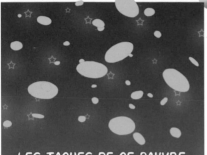

LES TACHES DE CE PAUVRE POUPOULIDOU SE DÉPLACENT LENTEMENT DANS L'ESPACE.

OH ! OH ! QUI VIENT D'APERCEVOIR LES TACHES EN REGARDANT PAR LA FENÊTRE ?

C'EST SA TRÈS, TRÈS SÉVÈRE MÈRE... **MAMANLIDOU !** ÉCARTEZ-VOUS ! ELLE A L'AIR EN BEAU SIFFLET...

AVEC INGÉNIOSITÉ, ELLE RÉUSSIT À ATTRAPER TOUTES LES TACHES...

BONG ! BONG ! BONG !

MAIS C'EST LOIN D'ÊTRE TERMINÉ CAR IL N'Y A QU'UNE SEULE MANIÈRE DE REMETTRE LES TACHES SUR UN POUPOULIDIEN... MAMANLIDOU DOIT RECOLLER LES TACHES DE SON FISTON AVEC UN PISTOLET À COLLE CHAUDE...

OUAILLE !!!

OUCH ! OUCH ! OUCH ! OUCH !

Dehors, face au cinéma, Julie aperçoit une maison délabrée. La pelouse est longue et les fleurs sont toutes mortes, faute d'entretien.

— C'est une maison abandonnée ? demande-t-elle à 4-Trine.

Le visage de 4-Trine devient tout **triste**.

— Non ! répond Zoé à sa place. Venez, nous avons quelque chose à vous montrer.

Toutes les quatre grimpent dans le grand chêne juste devant la maison.

— Là ! leur montre Zoé.

Un garçon est couché dans un lit. Il est tout pâle et il n'a plus un seul cheveu sur la tête.

— Qui est-ce ? demande Jiji.

— C'est Samuel ! répond 4-Trine. Il est malade, très malade à ce qu'on nous a dit. Il peut à peine parler...

— Le jour où ses parents sont venus chercher toutes ses choses dans notre classe, j'ai compris que nous n'allions plus jamais le revoir..., raconte Zoé.

4-Trine essuie une larme au coin de son œil et descend de l'arbre.

Zoé va la rejoindre. Assises toutes les deux sur la pelouse, elles regardent les nuages en silence.

Julie et Jiji se couchent sur le dos près d'elles.

— Ils sont si jolis, ces nuages, dit Jiji pour briser le silence.

— Est-ce que vous pouvez faire quelque chose pour lui ? demande Zoé en ne quittant pas le ciel des yeux.

Quelques secondes s'écoulent...

— Non, répond doucement Julie. Les génies possèdent toutes sortes de dons, mais malheureusement pas la faculté de guérir ou de soigner.

— Nous sommes vraiment désolées, soupire Jiji.

Julie suit des yeux le vol d'un oiseau jusqu'à ce que son regard croise celui de sa sœur. Elles se regardent toutes les deux, puis ferment les yeux et baissent la tête.

Jiji se redresse d'un bond sur ses jambes.

— Venez à la maison, lance-t-elle. Chez nous ! C'est à notre tour de vous montrer des choses.

Jiji tend la main à 4-Trine et Julie, à Zoé. Les quatre amies marchent en regardant le ciel.

À la maison de Julie et Jiji...

— Ici, vous vous trouvez dans ma chambre, leur montre Jiji. Et comme vous pouvez le constater, c'est moi qui ai la plus belle...

—  interrompt Julie, pas du tout d'accord.

— Bon ! fait soudain Jiji en retrouvant son sérieux. Nous ne vous avons pas emmenées ici pour discuter décoration.

— Non ! poursuit Julie. C'est au sujet de Samuel. Nous ne pouvons pas le guérir, mais il y a quelqu'un qui peut peut-être le faire...

— QUI ? QUI ? veut savoir Zoé.

— La reine des génies, répond Jiji. **ZAROLINA !** Elle vit au pays des génies, dans un temps et une dimension que vous ne connaissez pas.

— Et qu'est-ce qu'on peut faire pour lui demander de nous aider ? s'empresse de demander 4-Trine.

— Il faut se rendre à Magikia, le pays des génies, explique Jiji.

— ALORS ALLONS-Y ! s'exclame Zoé. QU'EST-CE QUE NOUS ATTENDONS ???

— Il n'y a que les génies qui peuvent y aller, avoue Julie. Nous et nous seules...

— Alors allez-y toutes les deux ! les supplient 4-Trine et Zoé. S'il vous plaît, demandez-lui de guérir Samuel...

— Ce n'est pas si simple, poursuit Julie. Tous les génies peuvent se rendre à Magikia, mais il n'y a que Zarolina qui peut les ramener en leur accordant ce vœu, ce seul et unique vœu. Si nous demandons à Zarolina d'essayer de guérir Samuel, nous aurons utilisé ce vœu, et nous ne pourrons jamais revenir de Magikia...

Zoé et 4-Trine se regardent, la mine déconfite.

— Mais nous allons le faire malgré tout, leur dit Julie.

— Vous allez faire cet immense sacrifice pour Samuel ? veut bien comprendre Zoé.

— Oui ! lui répond tout bas Jiji.

Zoé fait une accolade à Julie. Jiji et 4-Trine se joignent tout de suite à elles.

— N'oubliez pas que nous ne sommes pas certaines que Zarolina puisse soigner votre ami. Qu'il guérisse ou non, nous ne pourrons pas revenir de Magikia...

Zoé regarde Julie droit dans les yeux ...

— Merci ! lui dit-elle. Du fond de mon cœur. On ne vous oubliera jamais...

— **BIBOUH !** crie soudain Jiji.

Des bourrasques de vent font tournoyer les rideaux, et le tapis se met à frissonner sur le plancher. Julie et Jiji se placent au centre du tapis volant, qui les soulève et les emporte par la fenêtre ouverte.

SVIOOOUUCHHH !!!

Zoé et 4-Trine se précipitent à la fenêtre juste au moment où le tapis volant disparaît entre les nuages...

Le tapis volant emporte Julie et Jiji à des milliers de kilomètres. Le désert du pays des génies n'a pas de fin. Du sable, rien que du sable, à perte de vue.

Au loin, Julie aperçoit enfin la silhouette du magnifique palais. Le tapis se pose devant une grande porte étrange, protégée par des gardes coiffés d'un turban aux couleurs de la reine Zarolina.

Le chef de la garde ordonne d'ouvrir les portes et les accueille.

— Je sais que notre arrivée imprévue brise toutes les règles du protocole, explique Julie, mais nous désirons entretenir la reine d'un sujet de la plus haute importance.

Le chef des gardes fronce ses gros sourcils touffus, comme à son habitude. Sans parler, il fait signe à Julie et Jiji d'entrer dans le palais.

Dans le grand hall des audiences, la reine Zarolina attend, toute majestueuse sur son trône. Julie et Jiji s'approchent d'elle.

Étendue sur son lit, 4-Trine essaie de penser à autre chose, mais ça ne marche pas.

— Je sais, se dit-elle. Je vais ranger ma chambre. Faire du ménage, ça calme parfois. **NON** ! de la musique. Je vais mettre une pièce vraiment **CRAQUANTE** ! **NON** ! aaaaH ! Je vais devenir folle...

Elle enfonce la tête dans son oreiller puis la relève aussitôt.

— Je ferais mieux d'aller rejoindre Zoé ! finit-elle par décider...

Zoé sourit en apercevant 4-Trine qui justement arrive sur sa planche à roulettes.

— Et puis ? demande 4-Trine à Zoé. Des nouvelles ?

— Je ne pense pas que cela ait fonctionné, sinon nous aurions déjà vu un résultat. Le temps n'existe pas au pays des génies ; tout se passe en un instant et ça fait déjà trop longtemps que nous attendons. Non, ça n'a pas fonctionné, soupire Zoé.

— Leur sacrifice a donc été inutile, se résigne 4-Trine.

— **mais vous êtes complètement folles!** rage la reine Zarolina après avoir entendu l'histoire de Julie et Jiji. Je ne pourrai jamais vous accorder ce vœu, car vous serez prisonnières de Magikia pour l'éternité...

— **non !** s'emporte Jiji. La loi des génies est incontournable. VOUS ÊTES OBLIGÉE DE NOUS ACCORDER CE VŒU !!!

La reine Zarolina se rassoit et prend une grande inspiration.

Zoé et 4-Trine observent en silence les gens qui passent sur le trottoir.

— Le temps est comme figé, gémit Zoé. Je n'ai pas faim, je n'ai pas le goût de faire quoi que ce soit... RIEN !

— Moi non plus, lui avoue 4-Trine. Je vais regarder cet arbre pousser, tiens...

Une bicyclette tourne alors le coin de la rue et passe devant elles. Le garçon sans cheveux leur envoie la main et poursuit sa route...

Zoé et 4-Trine se regardent.

— **samuel !** hurlent-elles en même temps.

— ELLES ONT RÉUSSI !!! crie 4-Trine.

Elles se sautent mutuellement dans les bras et se mettent à danser sur le balcon.

— Vous savez que vous avez l'air complètement ridicule, là, à danser comme des nouilles devant tous ces gens qui passent.

Zoé et 4-Trine stoppent et se retournent.

— JULIE ! JIJI ! hurle Zoé en apercevant ses amies.

— Mais est-ce bien vous ? s'enquiert 4-Trine. Vous n'êtes pas une sorte de **mirage** ou quelque chose du genre ?

— Comment cela se fait-il ? Je ne comprends pas ! Nous avons vu Samuel passer en bicyclette, il est guéri, déballe Zoé sans pouvoir s'arrêter. Vous n'êtes pas supposées être prisonnières de Magikia ?

— Vous n'allez pas nous croire, raconte Julie. **C'EST INCROYABLE !** Oui, nous n'avions qu'un seul vœu, sauf que NOUS SOMMES DEUX ! Nous avions donc droit à deux vœux : avec le mien, Zarolina a guéri Samuel tandis que celui de Jiji nous a ramenées ici... C'est la première fois qu'une telle chose se produit à Magikia.

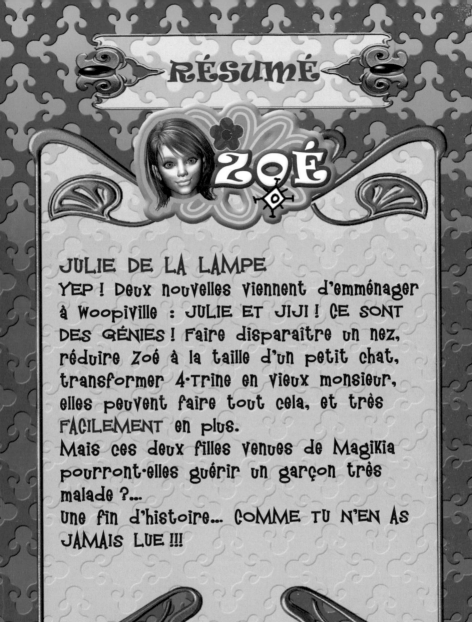

RÉSUMÉ

ZOÉ

JULIE DE LA LAMPE

YEP ! Deux nouvelles viennent d'emménager à Woopiville : JULIE ET JIJI ! CE SONT DES GÉNIES ! Faire disparaître un nez, réduire Zoé à la taille d'un petit chat, transformer 4-Trine en vieux monsieur, elles peuvent faire tout cela, et très FACILEMENT en plus.

Mais ces deux filles venues de Magikia pourront-elles guérir un garçon très malade ?...

une fin d'histoire... COMME TU N'EN AS JAMAIS LUE !!!

© 2005 **Boomerang** Éditeur jeunesse

ISBN : 2-89595-158-6

Gouvernement du Québec - Programme de crédit
d'impôt pour l'édition de livres - Gestion SODEC

Boomerang éditeur jeunesse remercie la SODEC pour
l'aide accordée à son programme éditorial.

Imprimé au Canada
Dépôt légal : Bibliothèque nationale du Québec,
3ᵉ trimestre 2005
Dépôt légal : Bibliothèque et archives Canada,
3ᵉ trimestre 2005

Boomerang éditeur jeunesse inc.
Québec (Canada)

Courriel : edition@boomerangjeunesse.com
Site Internet : www.boomerangjeunesse.com

Texte et illustrations par Richard Petit

Modèles numériques fournis par : Daz 3D, Renderosity, HandspanStudio,
ThorneWorks, Patrick A. Shields, TrekkieGrrrl, HIM666, Amber Jordan,
Maya, Laura Gilkey, 3dmodelz, Aya-Zoozi, Poism, Jen, Jaguarwoman,
Uzilite, Nymesis, Epken, HMG Designs, Quarker, Anton's FX, 3D Universe,
Hankster, Gerald Day, Palladium 17, HMann et plusieurs autres…

Il était 2 fois...

J'ai un peu le trac !

Bon ! Alors c'est moi qui vais lui expliquer. Il était 2 fois... est un roman TÊTE-BÊCHE, c'est-à-dire qu'il se lit à l'endroit, puis à l'envers.

NON ! NE TE METS PAS LA TÊTE EN BAS POUR LE LIRE... Lorsque tu as terminé une histoire, tu peux retourner le livre pour lire l'autre version de cette histoire. CRAQUANT, NON ? Commence par le côté que tu désires : celui de 4-Trine ou mon côté à moi... Zoé !

J'peux continuer ? BON ! Et aussi, tu peux lire une histoire, et lorsque le texte change de couleur, retourne ton livre. À la même page de l'autre côté, tu vas découvrir des choses...

Deux aventures dans un même livre.

Tu crois qu'elle a capté ?

CERTAIN ! Elle a l'air d'être aussi brillante et géniale que nous...

Le nez collé sur la vitre de la fenêtre, Zoé observe les déménageurs costauds qui sortent des boîtes du camion garé dans l'entrée de la maison voisine.

— Alors, lui demande son amie 4-Trine qui vient la rejoindre, ils ont l'air de quoi tes nouveaux voisins ? Est-ce une bande de musiciens turbulents d'un groupe rock ? Tu ne vas plus jamais pouvoir dormir tranquille la nuit, et tes notes à l'école vont s'en ressentir. Je deviendrai alors... LA **best** DE LA CLASSE !

YIPIIIIIIII !

— Comme toujours, tu dis n'importe quoi ! souffle Zoé tout bas. Non, il y a deux nouvelles à Woopiville ! Regarde, ce sont deux filles : une là et une autre là

dans la
chambre,
pointe-t-elle discrètement dans
l'une et l'autre direction.

4-Trine les voit passer devant leur fenêtre.

— AÏE ! constate-t-elle en les apercevant. Nous ne sommes plus les seules à porter des vêtements COMPLÈTEMENT DINGUES ! T'as vu leur accoutrement ? Je pense qu'elles ont lu trop souvent *Les contes des mille et une nuits*.

RIDICULE !

— Elles se ressemblent toutes les deux, remarque Zoé. Tu crois qu'elles sont des jumelles identiques ?

— Identiques veut dire PAREILLES ! la reprend 4-Trine. L'une blondinette et l'autre est une brunette, c'est loin d'être pareil, ça !

— Avoue qu'il y a une ressemblance.

— Elles sont peut-être jumelles, un point c'est tout.

— C'est commun de voir ça, des jumelles non identiques ?

— Tout est possible. Prends moi par exemple, explique 4-Trine. Je ressemble en tous points à Penelope Cruz, et nous ne sommes même pas de la même famille.

— Ah oui, avec vos cheveux deux couleurs et vos lulus, se moque Zoé, vous êtes comme des **ÉTRANGÈRES IDENTIQUES**, des clones, des sosies, des...

— **OK !** change de chaîne ! s'impatiente 4-Trine.

Soudain, elles entendent un bruit très étrange. Un éclair illumine la fenêtre de la chambre qui se trouve juste devant celle de Zoé.

Les yeux des deux amies s'agrandissent d'étonnement lorsqu'elles constatent que les boîtes de carton ont disparu et que la chambre encombrée de la nouvelle voisine est maintenant... IMPECCABLEMENT BIEN RANGÉE !

Bouche bée, 4-Trine tombe à quatre pattes sur le tapis.

— FERME TA BOUCHE ! la supplie Zoé. Je peux voir ce que tu as mangé ce midi.

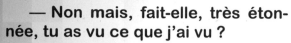

— Non mais, fait-elle, très étonnée, tu as vu ce que j'ai vu ?

— **PAS NORMAL** !

— OUAIP ! fait 4-Trine. Et comme le
dit l'émission de télé : *lorsque ce n'est
pas normal...*

— *C'EST PARANORMAL* ! termine
Zoé.

— On passe en mode espionnage ?
demande 4-Trine.

— **YEEEESSS** ! acquiesce Zoé,
avec plaisir ! Il faut régler nos mon-
tres.

— Nous n'avons pas de montre !
réplique 4-Trine, en levant les yeux au
ciel.

— Je sais bien, explique Zoé. J'ai toujours
voulu dire cette phrase.

— De retour dans ta chambre dans trente
minutes, lance 4-Trine.

— **DAC** ! fait Zoé.

Dehors, le dos courbé pour ne pas se faire
repérer, Zoé et 4-Trine prennent des directions
différentes...

Dans la cour arrière, Zoé marche avec précaution
entre les rangées de plants de tomates du potager de
sa mère. Direction : la planche de clôture qui pivote,
si son père ne s'est pas enfin décidé à la réparer.

Couchée, le ventre sur le gazon, Zoé pousse la

planche avec son index.

— Merci papa ! murmure-t-elle.

Elle passe la tête dans l'ouverture et arrive nez à nez avec Capucine, qui se frotte sur son visage en ronronnant.

Capucine est la petite chatte punk de 4-Trine. Méchante Capu, c'est son surnom. Terreur d'entre toutes les terreurs, elle fait la loi dans tout Woopiville. Même les gros chiens en ont peur. 4-Trine n'a jamais su qui coiffait Capucine de pics roses sur la tête. Elle soupçonne cependant Rachel, la coiffeuse.

— Dégage, Capucine ! fait Zoé avec des yeux méchants. Tu vas me faire repérer.

Au même moment, Capucine se met à courir. Parfait ! Elle a sans doute aperçu un écureuil. NON ! C'EST QUELQU'UN QUI VIENT !

Zoé retire sa tête et ferme lentement la planche.

Encore ce bruit...

De l'autre côté, la personne s'éloigne et tout redevient silencieux. Zoé pousse la planche à nouveau.

—**QUOI !** laisse-t-elle échapper lorsqu'elle aperçoit, dans la cour de ses nouvelles voisines, des centaines de fleurs, qui, il y a quelques secondes... N'Y ÉTAIENT PAS !

QU'EST-CE QUI SE PASSE ICI ?

Zoé réussit à glisser tout son corps dans l'ouverture. Debout dans la cour, elle enlève à grands coups de main les saletés sur ses vêtements. Un doigt tapote soudain son épaule.

— AÏE ! fait-elle en sursautant.

Devant elle se dresse, l'air méchant, l'une de ses nouvelles voisines.

— COUCOU ! je m'appelle Jiji, dit la blonde, et je n'aime pas du tout les fouineuses dans ton genre. Tu sais que tu as le nez trop long ? Je vais remédier à la situation.

Jiji la voisine fait bouger ses deux doigts près du nez de Zoé et...

TIZZZOUUUU !

— VOILÀ !

Zoé porte la main à son visage et découvre avec stupeur que son nez... A DISPARU !

— Chirurgie plastique instantanée et gratuite ! s'exclame Jiji, fière d'elle. Et maintenant, pour mon deuxième tour...

— ESPÈCEDESORCIÈRE ! s'emporte Zoé. Tu vas me rendre mon apparence normale tout de suite ou...

— OU QUOI ? demande Jiji. Tu vas me lancer des gros mots ? Oh là là ! que j'ai peur, c'est terrible.

À ce moment, un tourbillon de fumée les entoure.

SUIOOOUUCHHH !!!

Zoé se retourne et cache son visage dans ses mains en apercevant son amie 4-Trine qui grimace.

— MAIS OÙ EST PASSÉ TON NEZ ?

— C'est cette idiote de sorcière qui l'a fait disparaître.

Julie lance un regard sérieux à sa sœur Jiji qui lève aussitôt les doigts vers Zoé.

Le nez de Zoé réapparaît au milieu de son joli visage.

— Qui êtes-vous ? demande 4-Trine, très curieuse. Des magiciennes, des sorcières, qui ?

— Ni l'une ni l'autre, répond Julie. Nous sommes des génies.

— Mais les génies n'existent pas ! s'exclame Zoé.

— Je peux faire apparaître un orteil sur ton front pour te le prouver, la menace Jiji. C'est très facile pour moi de faire cela.

— **non !** hurle Zoé à pleins poumons.

JE TE CROIS ! JE TE CROIS !

— Nous sommes comme vous, explique Julie. L'école, les garçons, la télé. Sauf qu'il faut souvent déménager et changer de décor lorsque trop de gens connaissent notre véritable nature.

— Ça commence très mal, déclare Jiji. Nous venons à peine d'arriver et vous avez déjà découvert notre secret.

— Ne vous en faites pas, les rassure 4-Trine. Votre secret est bien gardé avec nous.

— Est-ce que vous pouvez nous rendre riches ? demande Zoé.

— OUI ! répond Jiji. FACILE !

— **WOW !** fait Zoé. Et pouvez-vous nous rendre belles avec des vêtements somptueux ?

— YEP ! fait Julie.

— Bon, alors habituellement, explique 4-Trine, il est très difficile d'entrer dans notre club des amies FUNKY, mais dans votre cas, et je suis certaine que Zoé, la vice-présidente du club, sera

d'accord avec moi, nous allons faire DEUX exceptions et vous donner le titre de membres honoraires...

— À VIE ! termine Zoé. Oui, oui ! pour toujours ou l'éternité, selon ce qui vous convient.

— Nous sommes combien de membres dans ce fameux club FUNKY ? demande Julie.

— Avec ces deux nouvelles adhésions, nous sommes maintenant... QUATRE ! répond Zoé.

— QUATRE ??? MÉCHANT CLUB ! se moque Jiji.

— Comme mon père le dit si bien : « Ce n'est pas la quantité qui compte, mais bien la qualité », conclut Zoé.

— Vous voulez visiter WOOPIVILLE ? demande 4-Trine. Nous sommes les guides parfaites, car nous habitons ici depuis toujours.

— YAKOV ! répond Jiji.

— Yakov ??? grimace 4-Trine. Ça veut dire quoi *yakov*... OUI ?

— Ouais ! je sais, avoue Julie, ce n'est pas toujours facile de décoder ma sœur Jiji.

— Nous commencerons la visite par le parc, propose Zoé. Le parc, c'est le cœur de Woopiville.

— Ça vous dit de faire une course jusque-là ?

demande Jiji. Vous deux contre 4-Trine et moi. Les premières qui arrivent au parc seront déclarées les plus belles, les plus brillantes, les plus cool. Enfin, les *best*...

— Et les perdantes, elles ? demande Zoé.

— Eh bien, elles seront, entre autres, les plus laides de notre club *FUNKY*, explique Jiji. Et elles seront aussi un tas de choses que l'on ne peut pas dire lorsque nous sommes à table en train de manger, bon...

POUAH !

— Pas le droit de faire claquer nos doigts afin d'apparaître dans le parc, précise Julie à sa sœur. Il faut se rendre là-bas de n'importe quelle autre façon.

Jiji tape dans la main de sa sœur et quitte en trombe la chambre, suivie de 4-Trine.

Julie se tourne vers Zoé.

— T'as un vélo ? lui demande-t-elle.

— Non, j'ai une trottinette, répond Zoé.

— Pas assez rapide ! affirme Julie. Il nous faut des vélos. Un vélo peut passer à peu près partout.

— Mais je n'ai pas de vélo, lui répète Zoé.

FIZZZOUUUU !

— Maintenant tu en as un, lui annonce Julie après avoir fait bouger ses doigts.

Zoé aperçoit par la fenêtre deux rutilantes bécanes rouges sur la pelouse.

— JE *FLIPPE* À MORT ! dit Zoé. Des vélos trente vitesses à suspension et à freinage progressif... MÉGA COOL !!! Nous allons gagner ! Il faut descendre tout de suite.

— NON ! ATTENDS ! ordonne Julie.

Elle touche alors le bout de son nez, et...

Toutes les deux se retrouvent dehors, assises sur les vélos, prêtes à partir.

Jiji et 4-Trine arrivent dehors en catastrophe. Stupéfaite, Jiji lance un regard froid à sa sœur.

— TU TRICHES ! s'emporte-t-elle soudain. Tu es arrivée ici en touchant ton nez.

— Je n'ai jamais dit que je ne pouvais pas nous

faire apparaître à l'extérieur de la maison, lui rappelle Julie. J'ai seulement parlé du parc.

Jiji fait une grimace répugnante à sa sœur et court vers la voiture du père de Zoé avec 4-Trine à ses trousses.

— VOUS ALLEZ PERDRE DE TOUTE FAÇON ! lui crie-t-elle avant de disparaître derrière la clôture en tirant 4-Trine par une lulu.

— AÏÏE ! ça fait mal...

— Tu connais le quartier mieux que moi, alors passe devant, dit Julie.

— D'accord, répond Zoé.

Quelques grands coups sur le pédalier les propulsent rapidement dans la ruelle. Zoé stoppe subitement.

— QUOI ? cherche à comprendre Julie. Pourquoi t'arrêtes-tu ?

— Si nous pouvions traverser le passage de madame Tomates, nous pourrions gagner facilement.

— ALORS ALLEZ ! GROUILLE-TOI ! la presse Julie. Qu'est-ce qui t'en empêche ?

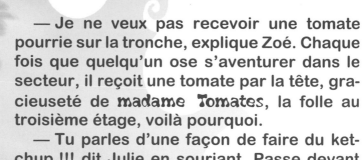

— Je ne veux pas recevoir une tomate pourrie sur la tronche, explique Zoé. Chaque fois que quelqu'un ose s'aventurer dans le secteur, il reçoit une tomate par la tête, gracieuseté de madame Tomates, la folle au troisième étage, voilà pourquoi.

— Tu parles d'une façon de faire du ketchup !!! dit Julie en souriant. Passe devant et fais comme si de rien n'était, je vais m'occuper d'elle...

La tête baissée, les yeux à demi fermés, Zoé monte debout sur le pédalier de son vélo pour avancer rapidement dans le passage.

D'une fenêtre, une vieille dame aux lunettes très épaisses apparaît, puis disparaît. La porte s'ouvre et la vieille dame arrive sur le balcon, armée de deux... TOMATES !!!

Julie se pince le menton et pointe les tomates avec son index.

FIZZZOUUUU !

Le sortilège de Julie transforme aussitôt les tomates en gros crapauds dégoûtants. Arborant une grimace épouvantée, la vieille dame rentre chez elle, pourchassée par les gros batraciens tout gluants.

Sur son vélo, Zoé pouffe de rire.

HA ! HA ! HA ! HA !

À quelques dizaines de mètres, les arbres du parc se dressent devant elles.

Julie jette un œil aux alentours.

— Jiji et 4-Trine ne sont nulle part en vue.

— Il n'y a que la voiture de mon père qui zigzague dans la rue derrière nous, lui fait remarquer Zoé.

Le klaxon résonne lorsqu'elle passe tout près d'elles.

POOUU ! POOOUU !

De la voiture, quelqu'un leur envoie la main.

— CROTTE DE CHAMEAU ! hurle Julie, très très choquée. CE SONT ELLES !

19

Essoufflées, Zoé et Julie arrivent.

— Qui est la plus grande génie de toutes ? demande Jiji en souriant à sa sœur, dépitée.

— Pour le moment c'est toi, dit-elle à contre-cœur. Mais je vais bien avoir une chance de me reprendre, et à ce moment-là, tu vas pleurer toutes les larmes de ton corps...

— Oh ! attends un peu, toi ! fait Jiji en feignant d'être impressionnée. **OUF !** j'ai cru que j'avais peur pendant un court moment. Tu sais que tes vaines promesses de victoire ne me font absolument rien.

Zoé et 4-Trine se regardent.

— Vous voulez toujours visiter Woopiville ? demande Zoé, plus du tout certaine de l'intérêt de leurs nouvelles amies.

— Allons-y ! acquiesce Jiji. Mais ne marchez pas trop vite, il faut permettre à ma sœur Julie de suivre notre rythme.

— **PFOU !**

fait Julie.

— **IDIOTE !**

répond l'autre.

Jiji donne un coup de coude à sa sœur.

— Bon, ici, explique Zoé, c'est le centre de

ravitaillement de tous les jeunes de Woopiville : le magasin de Tong Pou.

— Ou, si vous préférez, le musée des cochonneries, ajoute 4-Trine. Vous y trouverez la plus belle collection de croustilles et de sucreries en ville. C'est une étape OBLIGATOIRE après avoir loué un film.

Les quatre amies marchent un peu et se rendent devant...

— Nous nous trouvons maintenant devant notre point de rencontre habituel, annonce 4-Trine. Soit pour aller à l'école, soit pour aller au cinéma, qui se trouve juste au coin de la rue.

— Moi j'adore cet endroit, explique Zoé. Je peux rester ici des heures à admirer les pièces en chocolat, surtout ce gigantesque dragon.

— Si tu le veux bien, je peux transformer ton rêve en réalité, lui propose Jiji. Un tout petit souhait, et il est à toi, juste à toi...

Zoé regarde le dragon.

— Je te conseille de dire non, la prévient Julie. C'est très dangereux de demander un souhait à ma

sœur, car généralement, ça se retourne toujours contre la personne qui le formule.

— Elle ne peut tout de même pas me faire du mal avec ce dragon en chocolat, s'empresse de dire Zoé.

— OH, QUE SI ! insiste Julie. Elle peut très bien faire apparaître le dragon en entier... DIRECTEMENT DANS TON ESTOMAC !!!

Zoé grimace, ravale sa salive et pose sa main sur son ventre.

POUAH !

Jiji regarde Zoé en souriant d'une façon diabolique.

Dans l'étalage, le dragon a disparu.

— **NON !** gémit Zoé.

— Ne t'en fais pas ! la rassure Julie. C'est moi qui l'ai fait disparaître.

— Mais où est-il maintenant ? demande Zoé.

— Sur la commode dans ta chambre, lui murmure-t-elle à l'oreille.

Zoé sourit et montre toutes ses dents.

— Bon, nous approchons maintenant du cinéma, poursuit 4-Trine. Cinq salles munies de la dernière technologie de projection. Films d'aventure, d'horreur ou comédies, nous pouvons y admirer les plus belles et les meilleures créations d'Hollywood.

— Quels films sont à l'affiche ? s'interroge Zoé.

— IL EST ENFIN ARRIVÉ ! s'exclame 4-Trine, tout excitée. LE RETOUR DU PROF CANNIBALE !

22

Je veux absolument voir ce film d'horreur...

— La critique a dit que c'était très dégueulasse, lui rapporte son amie Zoé. Du sang, du sang... ET ENCORE DU SANG ! Je ne comprends pas ton intérêt pour ce genre de film.

— Parce que je sais très bien que ce n'est pas du sang, la corrige 4-Trine. C'est du sirop coloré rouge, de la grenadine... RIEN QUE DE LA GRENADINE !

— De toute façon, je ne vois pas pourquoi nous discutons, s'impatiente Zoé. Nous n'avons que quelques sous...

— Nous pouvons remédier à ce petit problème rapidement, leur rappelle Julie.

— Vous allez nous faire apparaître dans la salle toutes les quatre ? se réjouit 4-Trine.

— PAS QUESTION ! lui lance Jiji. À cause de l'éclair, nous risquons d'être repérées.

— Alors quel est votre plan ? demande Zoé.

— Ça va être beaucoup plus amusant, affirme Julie. Nous allons te réduire à la dimension d'un petit chat. Ensuite, tu vas t'introduire discrètement dans le cinéma afin de nous ouvrir la porte arrière...

SIMPLE COMME TOUT !

— Ah oui ! il est parfait votre plan, commente Zoé. Sauf qu'il y a un petit détail, un tout petit détail... JE NE VEUX PAS ÊTRE RÉDUITE ! Quelqu'un pourrait m'écraser, et j'ai comme l'impression qu'être écrasée par un géant changerait mon *look* dramatiquement...

— Oui peut-être, mais le sortilège est temporaire et ne dure que quelques minutes, lui explique Julie.

— Je ne peux pas croire que je vais risquer ma vie pour ce film stupide, se résigne Zoé. Allez, qu'on en finisse.

Julie pose son doigt sur la tête de Zoé et appuie très fort.

TIZZOUUU !

Fascinée, 4-Trine observe Zoé qui rétrécit et rétrécit sous son regard ébahi.

Le doigt toujours placé sur la tête de Zoé, Julie continue d'appuyer jusqu'à ce qu'elle atteigne la taille d'un bébé chat.

24

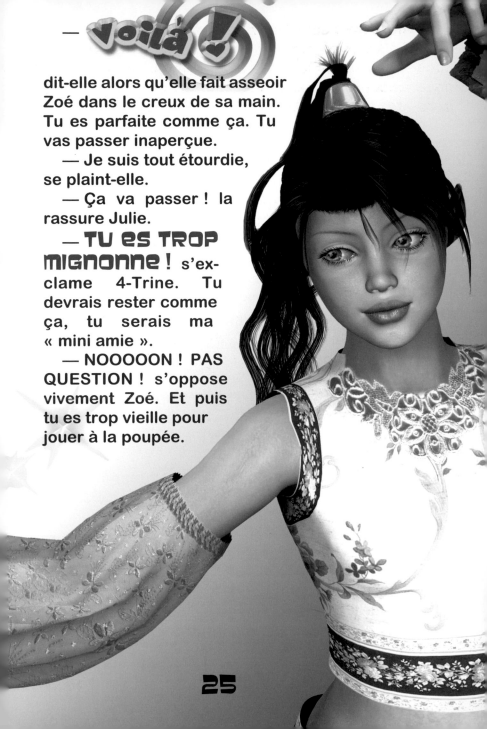

— **Voilà !**

dit-elle alors qu'elle fait asseoir Zoé dans le creux de sa main. Tu es parfaite comme ça. Tu vas passer inaperçue.

— Je suis tout étourdie, se plaint-elle.

— Ça va passer ! la rassure Julie.

— **TU ES TROP MIGNONNE !** s'exclame 4-Trine. Tu devrais rester comme ça, tu serais ma « mini amie ».

— NOOOOON ! PAS QUESTION ! s'oppose vivement Zoé. Et puis tu es trop vieille pour jouer à la poupée.

Julie dépose Zoé devant le cinéma et ouvre la grande porte juste assez pour qu'elle puisse entrer.

— Rendez-vous dans cinq minutes à l'arrière, lui dit Jiji. Nous serons là toutes les trois.

Zoé, le dos appuyé contre la porte, attend le moment propice pour courir vers le comptoir.

MAINTENANT ! GO !

Elle s'élance et contourne la poubelle qui, pour elle, est aussi grande qu'un gratte-ciel. Sous le comptoir, elle doit attendre quelques secondes avant de se diriger vers la salle, car des gens entrent dans le cinéma.

Deux gros souliers noirs marchent vers elle. Zoé ferme les yeux. Les souliers s'arrêtent juste à temps.

OUF !

Une voix puissante résonne.

— **NOUS ALLONS PRENDRE DEUX TRIOS *MÉGA BIG* S'IL VOUS PLAÎT !**

Zoé se bouche les oreilles et ensuite le nez, car le monsieur a sans doute posé le pied sur quelque chose qui ne sent pas bon… OH NON !

POUAH !

L'entrée de la salle où l'on projette le film est complètement au fond du couloir.

C'EST TOUJOURS COMME ÇA !

Sans plus attendre, Zoé court vers la porte, qui est malheureusement fermée et qui se révèle beaucoup trop lourde pour qu'elle puisse l'ouvrir…

TSOIN ! TSOIN !

— **ZUT !** fait-elle, cachée derrière un siège dans l'allée. Je vais devoir attendre que quelqu'un ait une fringale de croustilles ou encore ait envie d'aller au petit coin.

De longues minutes s'écoulent. Zoé surveille la porte. Devant elle, un couple passe main dans la main. Leur petit garçon les suit, une paille dans la bouche et un verre de jus dans les mains. Il se tourne vers Zoé et l'aperçoit.

MALHEUR !

— Mi-nou ! Mi-nou ! dit le petit garçon en s'approchant d'elle. Mi-nou ! Mi-nou !

— MATHIEU ! hurle aussitôt sa mère. Reviens ici tout de suite. Il n'y a pas de petit chat dans le cinéma, voyons...

Son papa l'intercepte juste avant qu'il parvienne à Zoé.

— Si je sors vivante de cette aventure, pense Zoé, j'étripe ces deux génies de malheur.

La porte s'ouvre enfin, et un homme sort rapidement de la salle, le dos courbé.

— **TOUPTIDOU !** Bon, lui, il s'en va vers les toi-

lettes, ça c'est certain, conclut Zoé en se glissant dans la salle très obscure.

Sur l'écran, Zoé aperçoit le prof cannibale qui pourchasse un élève, fourchette à la main.

— C'EST TROP DÉGOÛTANT ! grimace-t-elle en tournant la tête. Je ne peux pas regarder...

Zoé descend quelques marches, car elle sait que la porte se trouve derrière les rideaux qui entourent l'écran. Mais la salle est IMMENSE, surtout pour quelqu'un de sa taille.

— Non, ce n'est pas vrai ! constate-t-elle, découragée. J'ai des kilomètres à trottiner avant d'atteindre le fond de la salle.

Elle descend l'allée en suivant les petites lumières encastrées dans le plancher. Un gigantesque truc jaune tombe vers elle. Zoé roule sur le tapis et évite de justesse l'objet qui s'écrase à quelques centimètres d'elle.

CROUCH !

— OUAILLE ! dit-elle, son cœur battant la chamade. J'ai failli être décapitée par un grain de maïs soufflé. ATTENTION LÀ-HAUT, BANDE DE MALPROPRES !!!

Des hurlements effroyables parviennent des haut-parleurs de la salle.

aaaHHH !
GRRRRROUUU !
Elle se relève et
se remet à gambader jusqu'à la porte
où, MALHEUR, elle constate qu'elle est
trop miniature pour atteindre le loquet.

— BON ! fait-elle, découragée. Ça ne
valait pas la peine de me faire empester, de
me faire traiter de minou, de me faire attaquer à
coups de maïs soufflé...

Elle se penche pour regarder sous la porte.

— OH ! OH ! remarque-t-elle. 4-Trine, Julie et Jiji
ne sont pas seules....

Soudain, Zoé sent de violents picotements partout
sur son corps. Autour d'elle, tout rétrécit. ENFIN, elle
retrouve sa taille normale. Les picotements cessent.

Elle déverrouille la porte, silencieusement...

CLIC !

... ET L'OUVRE !

— QU'EST-CE QUE TU AS FOUTU ? se met à l'engueuler 4-Trine. Ça fait une éternité que nous attendons !

Zoé aperçoit les sept garçons... EN COUCHE DE BÉBÉ !

— Mais que font les « Yos » du quartier accoutrés de la sorte ? lui demande-t-elle.

— Ah ! rien, lui répond 4-Trine. C'est juste qu'ils nous ont invitées au resto samedi soir...

— QUOI ? fait Zoé, très surprise.

— ALLEZ ! ON ENTRE... lui dit 4-Trine.

Elle pousse Zoé à l'intérieur.

— Euh ! pardon, ose demander un des garçons, devenu soudain très poli. Nous ne pouvons pas nous promener comme ça.

Jiji lui envoie un baiser, sourit, et referme la porte.

BLAM !

Discrètement, Zoé, 4-Trine, Julie et Jiji s'assoient dans la salle, sur les sièges de la première rangée.

— Nous sommes trop près de l'écran, murmure Zoé. Je ne vois rien. C'est tout embrouillé !

— C'est quoi ces lettres qui passent sur l'écran ? demande 4-Trine, qui connaît la réponse.

— C'est le générique de la fin, lui répond Julie, toute désolée…

— Le film est terminé, réalise aussi Jiji. Il faut sortir, tous les gens se lèvent.

— Ça valait la peine, tout ça ! marmonne Zoé, pas contente…

— *ATTENDEZ !* leur demande 4-Trine. Nous allons laisser tout le monde sortir. J'ai ma bande dessiné de Poupoulidou…

Poupoulidou PART 7

POUPOULIDOU FOUILLE LE NET À LA RECHERCHE D'UNE FAÇON INFAILLIBLE DE DÉTRUIRE CETTE TERRE QU'IL DÉTESTE. IL FINIT PAR TROUVER CECI ...

YES !!! J'ACHÈTE...

PATAF
HYPER BOMBE DÉBILE

Espèce de gros pétard ayant la propriété de faire exploser en mille morceaux une planète.

LIVRAISON RAPIDE, LE LENDEMAIN DANS TOUTE LA GALAXIE...

LE MISSILE DIRECTEMENT BRAQUÉ SUR LA TERRE. POUPOULIDOU APPUIE SUR LE BOUTON...

5, 4, 3, 2, 1...

CLIC !

OH NON !
LE MISSILE PATAF SAUTE EN PLEIN DANS LA FACE DE POUPOULIDOU...

BANG ! PATAF ! BOUMDIDOU !

POUPOULIDOU A SURVÉCU MAIS L'EXPLOSION A SOUFFLÉ SES PETITES TACHES DANS L'ESPACE...

J'ai froid !

Dehors, face au cinéma, Julie aperçoit une maison délabrée. La pelouse est longue et les fleurs sont toutes mortes, faute d'entretien.

— C'est une maison abandonnée ? demande-t-elle à 4-Trine.

Le visage de 4-Trine devient tout **triste**.

— Non ! répond Zoé à sa place. Venez, nous avons quelque chose à vous montrer.

Toutes les quatre grimpent dans le grand chêne juste devant la maison.

— Là ! leur montre Zoé.

Un garçon est couché dans un lit. Il est tout pâle et il n'a plus un seul cheveu sur la tête.

— Qui est-ce ? demande Jiji.

— C'est Samuel ! répond 4-Trine. Il est malade, très malade à ce qu'on nous a dit. Il peut à peine parler...

— Le jour où ses parents sont venus chercher toutes ses choses dans notre classe, j'ai compris que nous n'allions plus jamais le revoir..., raconte Zoé.

4-Trine essuie une larme au coin de son œil et descend de l'arbre.

Zoé va la rejoindre. Assises toutes les deux sur la pelouse, elles regardent les nuages en silence.

Julie et Jiji se couchent sur le dos près d'elles.

— Ils sont si jolis, ces nuages, dit Jiji pour briser le silence.

— Est-ce que vous pouvez faire quelque chose pour lui ? demande Zoé en ne quittant pas le ciel des yeux.

Quelques secondes s'écoulent…

— Non, répond doucement Julie. Les génies possèdent toutes sortes de dons, mais malheureusement pas la faculté de guérir ou de soigner.

— Nous sommes vraiment désolées, soupire Jiji.

Julie suit des yeux le vol d'un oiseau jusqu'à ce que son regard croise celui de sa sœur. Elles se regardent toutes les deux, puis ferment les yeux et baissent la tête.

Jiji se redresse d'un bond sur ses jambes.

— Venez à la maison, lance-t-elle. Chez nous ! C'est à notre tour de vous montrer des choses.

Jiji tend la main à 4-Trine et Julie, à Zoé. Les quatre amies marchent en regardant le ciel.

À la maison de Julie et Jiji...

— Ici, vous vous trouvez dans ma chambre, leur montre Jiji. Et comme vous pouvez le constater, c'est moi qui ai la plus belle...

—  interrompt Julie, pas du tout d'accord.

— Bon ! fait soudain Jiji en retrouvant son sérieux. Nous ne vous avons pas emmenées ici pour discuter décoration.

— Non ! poursuit Julie. C'est au sujet de Samuel. Nous ne pouvons pas le guérir, mais il y a quelqu'un qui peut peut-être le faire...

— QUI ? QUI ? veut savoir Zoé.

— La reine des génies, répond Jiji. **ZAROLINA !** Elle vit au pays des génies, dans un temps et une dimension que vous ne connaissez pas.

— Et qu'est-ce qu'on peut faire pour lui demander de nous aider ? s'empresse de demander 4-Trine.

— Il faut se rendre à Magikia, le pays des génies, explique Jiji.

— ALORS ALLONS-Y ! s'exclame Zoé. QU'EST-CE QUE NOUS ATTENDONS ???

— Il n'y a que les génies qui peuvent y aller, avoue Julie. Nous et nous seules...

— Alors allez-y toutes les deux ! les supplient 4-Trine et Zoé. S'il vous plaît, demandez-lui de guérir Samuel...

— Ce n'est pas si simple, poursuit Julie. Tous les génies peuvent se rendre à Magikia, mais il n'y a que Zarolina qui peut les ramener en leur accordant ce vœu, ce seul et unique vœu. Si nous demandons à Zarolina d'essayer de guérir Samuel, nous aurons utilisé ce vœu, et nous ne pourrons jamais revenir de Magikia...

Zoé et 4-Trine se regardent, la mine déconfite.

— Mais nous allons le faire malgré tout, leur dit Julie.

— Vous allez faire cet immense sacrifice pour Samuel ? veut bien comprendre Zoé.

— Oui ! lui répond tout bas Jiji.

Zoé fait une accolade à Julie. Jiji et 4-Trine se joignent tout de suite à elles.

— N'oubliez pas que nous ne sommes pas certaines que Zarolina puisse soigner votre ami. Qu'il guérisse ou non, nous ne pourrons pas revenir de Magikia...

Zoé regarde Julie droit dans les yeux ...

— Merci ! lui dit-elle. Du fond de mon cœur. On ne vous oubliera jamais...

— **BIBOUH !** crie soudain Jiji.

Des bourrasques de vent font tournoyer les rideaux, et le tapis se met à frissonner sur le plancher. Julie et Jiji se placent au centre du tapis volant, qui les soulève et les emporte par la fenêtre ouverte.

Zoé et 4-Trine se précipitent à la fenêtre juste au moment où le tapis volant disparaît entre les nuages...

Le tapis volant emporte Julie et Jiji à des milliers de kilomètres. Le désert du pays des génies n'a pas de fin. Du sable, rien que du sable, à perte de vue.

Au loin, Julie aperçoit enfin la silhouette du magnifique palais. Le tapis se pose devant une grande porte étrange, protégée par des gardes coiffés d'un turban aux couleurs de la reine Zarolina.

Le chef de la garde ordonne d'ouvrir les portes et les accueille.

— Je sais que notre arrivée imprévue brise toutes les règles du protocole, explique Julie, mais nous désirons entretenir la reine d'un sujet de la plus haute importance.

Le chef des gardes fronce ses gros sourcils touffus, comme à son habitude. Sans parler, il fait signe à Julie et Jiji d'entrer dans le palais.

Dans le grand hall des audiences, la reine Zarolina attend, toute majestueuse sur son trône. Julie et Jiji s'approchent d'elle.

Seule sur le balcon de sa maison, Zoé est songeuse. Elle ne peut cesser de penser à Julie et Jiji.

Sur la clôture, Capucine joue la funambule. Un oiseau passe tout près d'elle. Elle saute et tente de l'attraper, mais tombe sur la pelouse et s'enfuit en courant...

— Cette chatte est complètement folle, se dit Zoé, et la regarder est un vrai spectacle... Mais je suis triste, j'aimerais que 4-Trine vienne me rejoindre...

Elle sourit en apercevant 4-Trine qui justement arrive sur sa planche à roulettes.

— Et puis ? lui demande son amie. Des nouvelles ?

— Je ne pense pas que cela ait fonctionné, sinon nous aurions déjà vu un résultat. Le temps n'existe pas au pays des génies ; tout se passe en un instant et ça fait déjà trop longtemps que nous attendons. Non, ça n'a pas fonctionné, soupire Zoé.

— Leur sacrifice a donc été inutile, se résigne 4-Trine.

— **MAIS VOUS ÊTES COMPLÈTEMENT FOLLES !** rage la reine Zarolina après avoir entendu l'histoire de Julie et Jiji. Je ne pourrai jamais vous accorder ce vœu, car vous serez prisonnières de Magikia pour l'éternité...

— **non !** s'emporte Jiji. La loi des génies est incontournable. VOUS ÊTES OBLIGÉE DE NOUS ACCORDER CE VŒU !!!

La reine Zarolina se rassoit et prend une grande inspiration.

Zoé et 4-Trine observent en silence les gens qui passent sur le trottoir.

— Le temps est comme figé, gémit Zoé. Je n'ai pas faim, je n'ai pas le goût de faire quoi que ce soit... RIEN !

— Moi non plus, lui avoue 4-Trine. Je vais regarder cet arbre pousser, tiens...

Une bicyclette tourne alors le coin de la rue et passe devant elles. Le garçon sans cheveux leur envoie la main et poursuit sa route...

Zoé et 4-Trine se regardent.

— **SAMUEL !** hurlent-elles en même temps.

— ELLES ONT RÉUSSI !!! crie 4-Trine.

44

Elles se sautent mutuellement dans les bras et se mettent à danser sur le balcon.

— Vous savez que vous avez l'air complètement ridicule, là, à danser comme des nouilles devant tous ces gens qui passent.

Zoé et 4-Trine stoppent et se retournent.

— JULIE ! JIJI ! hurle Zoé en apercevant ses amies.

— Mais est-ce bien vous ? s'enquiert 4-Trine. Vous n'êtes pas une sorte de mirage ou quelque chose du genre ?

— Comment cela se fait-il ? Je ne comprends pas ! Nous avons vu Samuel passer en bicyclette, il est guéri, déballe Zoé sans pouvoir s'arrêter. Vous n'êtes pas supposées être prisonnières de Magikia ?

— Vous n'allez pas nous croire, raconte Julie. C'EST INCROYABLE ! Oui, nous n'avions qu'un seul vœu, sauf que NOUS SOMMES DEUX ! Nous avions donc droit à deux vœux : avec le mien, Zarolina a guéri Samuel tandis que celui de Jiji nous a ramenées ici... C'est la première fois qu'une telle